生命之歌

沙比诗集

〔突尼斯〕艾卜·卡赛姆·沙比 著

杨孝柏 译

作家出版社

目 录

前 言

艾卜·卡赛姆·沙比是突尼斯近代一位优秀诗人，也是阿拉伯近代文学中的著名诗人之一。他的一生是十分短促的，但是这短促的一生却闪烁着灿烂的光辉。

一九〇九年二月二十四日，诗人诞生在突尼斯南方杰里德地区托泽尔城附近的一个小村庄里。他的父亲毕业于埃及爱兹哈尔大学，回国后，曾先后在许多地方的伊斯兰法院做过法官。一九二〇年，沙比刚满十一岁，父亲便把他送到突尼斯市的宰图奈大清真寺里学习。在那里，那种古老的教学方法和课程，那种肮脏、拥挤、死气沉沉的环境，使年轻的沙比感到十分压抑。于是，他常常走出学校，到图书馆、讲演厅以及喧闹的欧洲式咖啡馆去。正是在这些地方，他和当代的文化发生了接触；正是这种对古老的传统教育的叛逆之心，使他从精神上走进了更广阔的世界，看到了祖国和民族的未来。

沙比从小爱好文学。在首都学习期间，他大量阅读了自己喜爱的文学书刊，包括阿拉伯古典文学著作、西方文学的阿拉伯文译本以及美洲阿拉伯侨民的新文学，从而为自己的诗歌创作打下了坚实的基础。

在法国殖民者和当地封建势力的统治下，突尼斯的社会处在长期停滞不前的落后状态。俄国一九〇五至一九〇七年革命后，突尼斯也掀起了由资产阶级领导的民族解放运动。二十世纪二十年代，正是突尼斯民族解放运动、反封建体制运动蓬勃发展的时期。

沙比也热情地参加了这一运动。他于一九二七年考入突尼斯政法学院，一九三〇年毕业。在这期间，他参加了许多文学工作和社会活动。他曾在"萨迪基校友会"的文学俱乐部里作过一次有名的演讲，题为《阿拉伯人的诗意遐想》。

在这篇演讲中，沙比认为，阿拉伯的故事和小说，普遍缺乏诗意的想象，只重形式，没有深刻的内容，没有高尚的情操，没有对未来的憧憬。阿拉伯文学不能充分表达社会发展的倾向和我们对这个世界的愿望。这种有缺陷的文学使我们的灵魂"赤贫而饥饿"。所以，他坚决反对当时流行于阿拉伯各国的宫廷诗歌，反对对王公贵族的歌功颂德，主张创作自由，选择题材自由，要求抛弃陈腐的、束缚诗人创作的旧传统和清规戒律。这篇主张革新的演讲，在当时的旧势力中引起了很大震动。

但是，就在诗人精力异常旺盛，满怀信心地瞻望未来的时候，他的父亲于一九二八年病逝了。从此，一家人生活的重担落到了年仅十九岁的沙比身上。这以后，他又患了心脏病，根据医生的劝告，只好到山区去疗养。但时间一年年地过去，病情并没有好转。终于，他在一九三四年十月九日黎明在突尼斯与世长辞了，当时年仅二十五岁。

艾卜·卡赛姆·沙比是一个浪漫主义诗人。他在诗中充分运用比喻的手法，借助自然界各种现象，表现当前社会运动的趋势，表达人民追求美好未来的心声。虽然由于受了西方文学的影响，他的某些诗带有一种抽象的、消极的色彩，但是，每一首诗，字里行间都渗透着诗人面对黑暗现实的探索精神。

他热情洋溢地歌颂了生命、光明、爱情和真理，为黑暗和镣铐、为全世界的暴君唱着挽歌。勇往直前的调子，反帝反封建的精神，贯穿在他的《生的意志》《巨人之歌》《黑暗中的风暴》《雷霆之歌》《致全世界的暴君》等主要诗篇中。

诗人明确地意识到自己的责任。在他看来，宇宙中的一切，自然界的万象，人世间的悲欢离合，都是他写诗的题材。他用日月星辰、花草树木织成一幅瑰丽动人的图画，展现在人们的眼前。然后便大声疾呼，要人们热爱生活，胸怀理想，去迎接光明！

诗人也歌颂爱情，但他笔下的"爱情"除了有个人生活中的体验外，更多地带有普遍性质。正是由于对美好的事物、光明的前途、美好的理想有着这种执着的爱，他才能把战斗看作欢乐，把工作看作幸福，不怕艰难困苦，永远面向未来。

在写作技巧上，沙比的诗也别具一格，词汇美丽，比喻繁多，想象丰富，意境清新。许多诗达到了高度的音乐的和谐。

诗人逝世前不久，曾将自己的诗作编成一集，题为《生命之歌》，打算公之于世。但是，这本书直至一九五五年才由突尼斯东方书局出版。我国曾于一九六二年出版过一本由法文转译的选本。现在的这个集子，是从阿拉伯文直接译出的。

译　者
一九八六年一月

穿过黑暗[1]

岁月磨灭了人民的光荣，

但生活终将把光荣的绥带还给人民。

这是个黑暗的时代啊，

可我已穿过黑暗看到了光明！

---

[1] 这是诗人在编辑诗集《生命之歌》时从一篇《美丽的突尼斯》中抽出来的两节，独立成一篇。诗人逝世后，人们在出版他的诗集时，又找出《美丽的突尼斯》原稿，附在这首诗的下面。

美丽的突尼斯

我不为长夜笼罩而恸哭，
也不因颓垣断壁而悲凄。

遭受灾难却无人起来抵抗，
这才使我挥泪痛泣。

国内有人起来发表讲话，
要唤醒大众，为人民谋利；

总有人压下他天使般的声音，
不许他歌吟，不准他哭泣。

给他的心灵蒙上一件带刺的囚衣，
要打下他的锐气。

他们想尽种种方法，
折磨蹂躏，毫不怜惜。

这就是改革者的遭遇，
到处都受到致命的打击。

但接连不断遭受的灾难，
赋予了我们抗御的权利！

*   *   *

美丽的突尼斯啊，
我遨游在爱的大海之中。

对你的深深爱情是我的信念，
为爱你我受尽苦难，一片赤诚。

纵然悲歌会送走我的青春，
宁死我也不对那些责难屈从。

我不惜把鲜血洒尽，
爱国者随时愿以鲜血相呈。

漫长的岁月已使你看清，

谁对你怀有真挚的爱、忠诚和柔情。

这是个黑暗的时代啊，

可我已穿过黑暗看到了光明。

岁月磨灭了人民的光荣，

但生活终将把光荣的绶带还给人民！

生的意志

"人民一旦要生存，
命运就必须依顺。

枷锁一定会粉碎，
黑夜一定会消遁！

谁若不眷恋生命，
他就会在生活中消失，化为微尘。

可怜啊，那些不热爱生命的人，
定将被死亡所战胜！"

万象好似这样对我说，
它隐秘的精灵对我这样倾诉。

*　　*　　*

峡谷中、山岗上、大树下，
狂风发出了吼声：

"我若是胸怀理想，
便会带着希望，忘却谨慎。

决不避山路崎岖，
也不畏烈火熊熊。

谁不喜欢超越高山峻岭，
谁将永远生活在泥坑！"

青春的热血在我心里沸腾，
习习清风吹进我的胸中。

我低下头来静听，哦……
风在奏乐，雨在击点，雷在轰鸣！

* * *

我问大地："啊，母亲，

你是否怨恨人类?"

她说:"我为世上的这种人祝福,
他们有雄心,敢与艰险斗争!

我诅咒不随时代前进的人,
只满足于顽石般地度过一生。

宇宙生机盎然,热爱生命,
蔑视死亡,不管它多么强硬。

天空不拥抱死鸟,
蜜蜂不亲吻落英。

如果我没有一颗慈母的心,
也不容尸首埋入坟茔。

可怜啊,那些不热爱生活的人,
定将被死亡所战胜!"

* * *

在一个秋天的夜晚，
天空充满惆怅和悲伤。

星星的光辉使我陶醉，
我的歌声使满天的愁云昏昏欲睡。

我问黑夜："被生活摧残的青年，
是否还能变得富有生机？"

黑夜没有开口说话，
黎明仙子也没有唱歌。

森林却对我说得亲切，
就像是琴弦轻颤：

"来了冬天——雾的冬天，
雪的冬天，雨的冬天；

失去了姣妍——枝的姣妍，
花的姣妍，果的姣妍。

再不见柔和动人的蓝天，
也不见丰美芳香的草原。

落下了枯枝、黄叶，
落下了妖艳一时的花瓣。

风儿戏弄花和叶，把它们送进山谷，
涧水流过，就地掩埋。

恰似心中闪过的美梦，
一切都在瞬间消逝飘散。

只有隐藏的种子，
是昔日留下的遗产。

纪念那陆续消失的季节，
纪念人间的幽灵、生命的梦幻。

种子在雾的下面，
雪的下面，土的下面；

盼望着永不使人厌倦的生命，
憧憬着翠绿芬芳的春天。

梦想着鸟的啼啭，
花的馨香，果的甘甜。

*　　*　　*

光阴荏苒，风云变幻，
各种灾难啊，交替降临。

种子从梦中苏醒，
还带着黎明时的蒙眬。

它探问：‘何处是晨雾？
何处有夜的美景，月的光明？

何处有艳丽的彩蝶？
何处有蜜蜂歌唱，白云飘行？

何处有阳光和万灵？
何处有我期待的生命？

我渴想那枝头的光明，
也渴想那树下的浓荫。

我渴想那溪流穿过草坪，
轻歌曼舞在花丛中。

我渴想那鸟的啭鸣，
风的细语，雨的歌声。

我渴望入世啊，何处能去生存？
几时能见到我所期待的世间美景？'

哦，这境界就在久眠之后，
就在那觉醒后的远空！

　　*　　*　　*

只在鸟儿扑翼的瞬间，

种子的欲望壮大得胜。

冲破了覆盖的土层，
见到了寰宇的美景。

春天来临，带来了乐音，
带来了梦幻，带来了熏风。

给种子的唇上送去亲吻，
还送还他失去的青春。

她对他道：'你已被赋予生命，
将永远繁衍增生。

光明已为你祝福，
请接受生命的青春，延绵的寿命。

谁在梦想中崇敬光明，
光明便向他祝福，为他降临。

给你天空啊，给你阳光，

给你这沃土，欣欣向荣。

给你这艳色，永不凋零，
给你这大地啊，辽阔清澄。

请把鲜花、甜果栽满，
在田间尽情地摇曳舞动。

面对着风、云、星、月，
你可以倾诉衷情。

倾诉吧，对着生活、爱情，
对着这锦绣大地的一片美景！'"

*　*　*

黑暗中显现出美丽的景象，
发人深思，引人遐想。

奇妙的美景在世间展开，
万能的魔术师把它铺排。

明烛似的星星点点闪现，
线香般的花枝芳香弥漫。

一个绝色的芳魂在飞翔，
把月光织成的双翅轻扬。

圣洁的生命之歌，
已经响彻迷梦中的神殿。

宇宙中响起一个宣言：
"理想是胜利的灵魂，生命的火焰。

心灵若渴求生存，
命运就必须照办！"

致暴君

有人说："卑贱者的声音很轻，
世上的暴君最闭耳塞听……"

被奴役人民的呼声将引来一阵狂风，
高傲的宝座将在风中瓦解土崩！

愤怒的真理呼啸时，会传来回响，
激烈的战争爆发后，能听到吼声。

一个民族只要在真理面前团结紧，
时代变迁的取舍便由她来决定！

*   *   *

弱者要奋起，作出决断，
奴隶将发怒，粉碎锁链；

暴政的堡垒明天便会遭难，
何时你才能懂得这一点？

莫以为人民会忍受涂炭，
莫以为宽阔的天地混浊黑暗。

祖国的理想被埋葬，
心中的话语已零乱。

但灾难过后理想总要实现，
会迎来欢唱的那一天！

真理在小睡以后还会奋起，
把暴政建立的一切全部砸烂。

弱者发出的威力能把人震撼，
你将知道到底谁被鲜血浸淹。

鲜血的洪流将把你冲走，
让你去悔恨地采撷昔日种下的苦果。

岁月将在杯中斟满苦瓜的汁液，
把杯儿递给你去饮喝。

戴镣铐的巨人将会觉醒，
为生活的苦难大声呐喊。

你将饮下生命的苦酒，
你将听取真理的判决！

新的黎明

消退吧，我的创伤！
平息吧，我的悲怆！
恸哭的时节已逝去，
痴惘的年代已消亡。
在许多世纪以后，
天边升起了曙光！

在死亡的深谷，
我埋葬了痛苦。
向虚无的狂风，
我抛却了泪珠。
把生命当作乐器，
用来奏出旋律。
在漫长的岁月中，
我伴随它歌吟。

在这美的宇宙，

我冰释了忧愁。

展开我的心田，

使其成为歌的绿洲。

有阳光，有绿荫，

有玫瑰，有芳香，

有爱情，有青春，

有希望，有温柔……

*　*　*

消退吧，我的创伤！

平息吧，我的悲怆！

恸哭的时节已逝去，

痴惘的年代已消亡。

在许多世纪以后，

天边升起了曙光。

在我宽阔的心中，

有座美丽的庙宇。

是生命用梦幻，

把这神庙建筑。

我焚起了线香，
又点燃了蜡烛。
像影子般虔诚，
默默地祝告天神。

生命的魅力常在，
永远不去消遁。
纵有黑夜相隔，
转眼又是黎明。
一年四季接踵，
为什么要悲鸣？
一个春天过去，
新春又将来临！

*　*　*

消退吧，我的创伤！
平息吧，我的悲怆！
恸哭的时节已逝去，
痴惘的年代已消亡。
在许多世纪以后，

天边升起了曙光。

穿过一片黑暗，
透过潺潺流水，
黎明和生命的春天，
正在把我召唤。
这召唤的回响，
震撼着我的心田。
我再也不能，
停留在这些地段！

别了，别了！
忧愁的高山，
悲伤的迷雾，
阴森的山涧。
在浩渺的大海中，
正漂行着我的小船。
别了，别了！
我已扬起了风帆……

雷霆之歌

在黑夜的沉默中，
寂静拥抱了穹苍，
在遥远的梦乡里，
再也听不到希望之声。

雷霆放声高歌，
万物齐声应和，
像是真理的呼声，
发自生命的心窝。

雷霆之声滚滚，
在峡谷中巡行，
像是洞穴深处，
一个巨大的精灵。

我凝视着黑夜，
夜色美丽又奇异；

我探问着黑夜，
夜色庄严又悲戚：

"你看这雷霆之歌，
是不是希望的旋律，
宇宙那忧郁的心，
在虔诚地把它吟唱？

抑或是一股力量，
决心要狂吼猛闯，
在一阵阵怒吼声中，
可看出一副受难的心肠？"

但黑夜茫茫啊，
始终是那样沉静，
像是荒野的沼水，
静悄悄没有回音……

复兴之谜

生的意志推动着人民，
生命在人民心中苏醒，
人民便能复兴！

生命向种子发出呼声，
它就会穿破土层，
伸展长入天庭！

只有亡灵才会忍受铁链，
而生命虽受它的折磨，
也能把它砸烂！

自　白

没想到，在你死后，
啊，父亲！
愁绪一直萦绕着我的感情，
然而我将继续追求生活，
还会在它翻腾欢快的长河中，
畅怀痛饮。

还会怀着为爱情，为欢乐，
为音乐而激动的心，
怀着为世界上各种希望，
各种恋情，
各种忧愁而激动的心，
重返这人世俗境。

对生活悲观，
厌弃生命，

这是一种胡言乱语。

人们的内心深处，

应怀着对生命挚诚的崇敬！

让他死吧!

每一颗忍受蹂躏

而对卑躬屈膝的生活不憎恶的心,

每一群鲜血横流

却不为光明的真理而斗争的人,

让他被死亡卷走吧!

足以为训的灭亡,

才是这种人的命运!

孤儿的哀怨

海边一片喧嚷，
朝听哭叫，夜闻悲怆。
我从心底发出叹息，
苦泪愁刺堵住了心房。

喧嚷声淹没了我的叹息，
淹没了叹息声中的悲凄。
我走开去喊道："快来啊，母亲！
生活已对我厌弃！"

* * *

我来到林中放声痛哭，
倾泻出心中的愁苦。
烈炎般的热泪从我心底涌出，
低吟着心灵的哀诉。

森林不解这支悲歌，

只是在随声应和。

我走开去喊道："快来啊，母亲！

生活在把我折磨！"

* * *

我站在河边把泪抛洒，

泪珠从莫大的悲哀中迸发。

闪出了地狱中泪水的光芒，

默默地流在我的双颊。

河水没有放慢流淌，

也没有停下它的歌唱。

我走开去喊道："快来啊，母亲！

这生活使我沮丧！"

* * *

我虽痛哭却无用，

母亲听不见我的唤声，

只得悲哀地返回孤独，
把哭声留给自己听。

在寂寞孤独之中，
我怀着深深的悲痛。
又自忖：
"你啊，莫如别出声！"

黑暗中的风暴

如果岁月握在我手中，
我将把它像沙粒一样抛向狂风。
"风啊，"我说，"吹走它吧！
把它撒在遥远的山岗，
撒进死亡的峡谷，
撒在不见光影舞动的地方……"

如果宇宙的支配者是我，
我将把它扔进地狱中的烈火。
这是什么世道啊，什么万象森罗？
天空和星辰又算是什么？
受苦的奴隶莫如投入烈火，
也烧毁这死亡的舞台，苦难的窝！

啊，已经逝去的故人，
你已被死亡和长夜拥入怀中。
啊，现今的人尚在，

来者犹未降生。

你们的这个世界荒谬透顶，

它在无边的黑暗中沉沦……

随着时代前进

随着时代前进！
莫被畏惧所阻挡，
莫因事变而惊恐。

随着时代前进！
不管世道如何，
莫受妖孽欺蒙。

怕生活的是不幸之人，
他的命运，
已被坟墓嘲弄！

醉 歌

爱情已使我们陶醉、满足，
酒保啊，拿开你的杯去！
把酒倾倒给蜜蜂和鸟雀吧，
让大地拥抱你的这位爱侣。

求欢何必向酒盅？
爱情就使人迷醉销魂！
你走吧，春天是我们的掌酒人，
这太空便是玉液金樽！

像鸟儿生活在安谧的天空，
像蜜蜂居住在鲜艳的花丛，
我们只看见人间的美景，
只看见它陶醉的心灵中的幻梦。

我们在树荫下游戏，
像两个年少幸福的儿童，

时而爬上美丽的岩石，
时而攀登无人问津的险峰。

从早到晚我们都在草原上奔腾，
和欢唱的熏风一起歌吟，
和宇宙中大自然的灵魂低语，
倾听它歌唱的心声。

我们像春天一样，
在充满鲜花和光影的大地上徜徉，
爱情在那里飞舞，
在欢快动人地歌唱。

我们生活在神奇的乐园
——一个遥远遥远的地方。
我们栖息在玫瑰色的暖巢，
为幸福的青春吟诵爱的诗篇。

我们把俗世留给人们，
随他们按自己的意愿去度过此生，
我们抛弃了它那无生命的外壳，

带走了它的精髓——灵魂。

*　*　*

爱情已使我们陶醉、满足，
酒杯已满，酒保啊，你们请走！
我们再别无他求，
生活赋予我们的已经足够。

鲜花足以使我们心旷神怡，
金樽已够我们饮吸，
天上的美酒呷口中啊，
绚烂的春光照心底！

时光啊，流逝的光阴，
无定向啊，无穷尽！
穹苍啊，运转的天庭，
携带着黑夜、白昼和黎明！

死神啊，盲目的命运，
请就地止步，或继续前进！

但让我们留在这里，
让梦幻、爱情、大地为我们歌吟。

如若不愿，也可把我们带走，
但我们的双唇将仍燃烧着爱情，
生命之花仍具有魅力和芳香，
和煦的春风仍飞舞在我们手中！

奇怪的戏剧

我们把古人嘲笑，
而明朝，
岁月将把我们
变成后人的笑料。

这便是人世俗境，
是一个大巫师的作品，
他艺术新颖，
手法高明。

在悲痛的舞台上，
在忧愁的雾霭里，
像死去的人们一样，
活着的还在演戏。

透过云雾，
笑看这数幕戏剧，

看的人，
自己也要接着演出。

每人都扮演一个角色，
却又去取笑旁人，
而人人所扮演的角色，
都在受暴君嘲弄。

爱　情

爱情，

　　　是一道迷人的光焰，

化成灿烂的晨曦，

　　　降自九天。

从岁月的眼帘上，

　　　把黏膜撕下，

为黑夜的脸庞，

　　　摘去暮霭雾纱。

爱情，

　　　是天使的芳魂，

它那飞舞的日月，

　　　似霞光般清新。

它在人间翱翔，

　　　把大地变成一颗星星，

美丽、欢乐，

　　　璀璨、光明。

没有爱情，

　　　宇宙中听不见歌声，

没有爱情，

　　　大地上看不到人们相亲。

爱情，

　　　是美酒的溪流，

喝一口，能闯过地狱，

　　　对烈火无须担忧。

爱情，

　　　是生活最大的希望，

有了它，我怎会害怕，

　　　在坟墓中埋葬？

啊，爱情

啊，爱情！我的苦难、愁闷、
恐惧、憔悴、眼泪、悲痛、
疾病、忧虑和不幸，
都是你所造成！

啊，爱情！你使我生存，
你使我自尊、倔强，
你是这黑暗时代里我的阳光，
是我的伴侣、安慰和希望！

啊，我心上的醇酒和毒鸩！
啊，我的安乐，我的不幸！
你是心头燃起的烈火，
还是天上降下的光明？

啊，爱情！我为你饮下苦酒数盏，
却未能如意遂愿，

啊，爱情！为了这美丽的景色，
怜悯我吧，减轻我的苦难！

啊，爱情！告诉我，
但愿能让我知道，
你是从黑暗里诞生，
还是在光明中创造？

牧　歌

黎明来临，
　　　为酣睡的生活歌唱。
在摇曳的树荫下，
　　　小丘还留在梦乡。
和风把凋零的花瓣
　　　吹起又吹落，
那幽暗的山谷中
　　　已透进阳光！

早晨婀娜来临，
　　　在天边洒满霞光。
花枝翘首，百鸟展翅，
　　　碧波荡漾。
生灵世界已经醒来，
　　　正为生活歌唱，
醒醒吧，我的羊群！
　　　快来吧，我的羔羊！

随我来啊，羊儿，

　　跟随着鸟群徜徉，

让欢笑和咩咩的叫声

　　在山谷中回响。

听溪流细语，

　　闻花儿馨香，

瞧，那弥漫山谷的云雾中

　　已织进阳光。

去大地上，去新的牧场

　　啃青踏芳，

听我的芦笛

　　吹奏出歌声悠扬。

这曲调像玫瑰的喘息

　　发自我心中，

随后又像幸福啼啭的夜莺

　　凌空翱翔。

来到林中，

　　枝丫把我们掩藏，

青草随你们吃呀，
　　　花果任你们尝。
是阳光把它们哺育，
　　　明月给以滋养，
拂晓时还饮过
　　　滴滴露浆。

随意戏耍吧！
　　　可下河谷，可上山岗，
怕劳累可以在
　　　浓荫下卧躺。
在绿荫的幽静中
　　　嚼草、遐想，
聆听那山顶上
　　　风儿的歌唱。

森林中各色花草
　　　甘甜芬芳，
蜜蜂欢乐地
　　　歌吟在它们身旁。
豺狼的气息

未玷污它洁净的芳香，

不，狐狸也未曾

结伴到这里游逛。

林中有甜蜜的香气，

有美景、宁静、阴凉；

有和风，

步态迷人，情意绵长；

有娇艳的枝丫，

阳光在上面起舞婆娑；

有永恒的绿色，

黑夜也不能抹去它的翠苍。

羊儿啊！在密林的庇护下

你不会厌倦迷惘，

林中的时光

如活泼俊美的儿郎。

人们的光阴

似龙钟老汉，紧皱脸庞，

厌倦地在那平原上

踯躅彷徨。

林中有你的牧场，

　　有你喜爱的跑跳的地方，

我也可直至傍晚

　　在你近旁吹奏吟唱。

待等那细嫩的青草

　　影儿拖长，

咱们便离开此地，

　　回到可爱的家乡！

愁　绪

真稀奇，
　　我想了解这天地，
可自己还不能
　　了解自己！

我只懂得
　　宇宙中的一个真理，
我是在人间
　　为自己寻找墓地。

光阴的每寸流逝，
　　都使我感到心悸，
使人宽慰的日月
　　究竟在哪里？

＊　＊　＊

厄运的阴影

　　布满了黑洞，

不祥的幻光

　　笼罩着太空。

宫廷里传出

　　凄苦的呻吟，

茅屋中蜷缩着

　　憔悴的贫民。

耳聋的上苍

　　把百姓欺凌，

风刀霜剑啊，

　　要扼杀一个个生灵……

*　*　*

这便是一幅

　　生活的图画，

便是它在人间

　　古已有之的颜色。

这是一幅苦难的
　　　眼角垂泪的图画，
这是能把一切白纸
　　　全都染黑的颜色！

迷途者之歌

在我心上，曾有过黎明和星星，
有大海啊，海空无云，
有歌声和飞翔的鸟群，
有明媚、艳丽、动人的初春。

唉，在我心上，曾有过清晨，
有过笑容，但是……啊，可怜！
生活的旋风是多么凶狠，
人们的心儿哟，多么不幸！

在我心上，曾有过黎明和星星，
但突然都坠入了黑暗的阴云，
在我心上，曾有过黎明和星星……

*　　*　　*

何处有晨光啊，我的同胞？

生命已逝去，黎明尚遥遥，
幸福时节的歌声已经消隐，
山谷中传出了恸哭的号啕。

我的短笛何在，可被风儿吹掉？
我的森林何在，何处是神庙？
告诉我那悲痛的心吧，
幸福生活的欢乐怎会云散烟消？

何处有晨光啊，我的同胞？
在大洋彼岸，还是在宇宙深处？
何处有晨光啊，我的同胞？

＊　＊　＊

但愿能知道，清晨能否使我展眉，
使我对逝去的昨天感到宽慰，
使我看到生活的乐事，
一桩桩，一件件，有去有回？
我的心是否又会充满阳光，
我的初梦是否又是一束玫瑰，

黄鹂唱着甜蜜的曲调,

森林中一片歌声,一片光辉?

但愿能知道,清晨能否使我宽慰,

还是将把我独自撇下,遗忘?

但愿能知道,清晨能否使我宽慰……

老人的话

年轻人的梦想岂不太平淡？
苦难能把它像树枝似的折断！

我向黑夜探问儿时的志愿，
它说："已被遨游的风儿吹散……"

我问风儿，风答道：
"命运和灾难的洪流已把它席卷。

它已变成了一粒尘埃，
消失在波涛汹涌的岸边……"

童 年

啊，童年多么美好！

    是生命的梦乡。

童年的岁月，

    像睡梦双翼下甜蜜的幻象。

它用微笑的眼睛，

    向人世万物凝望。

怀着颗梦幻的心，

    漫步在河谷两旁。

童年在春天的心灵中

    颤动激荡，

畅饮着柔和的黎明时分

    最甜美的露浆。

全世界都为它

    把爱情和欢乐的歌儿高唱。

它沉醉于

    生活的梦境和光芒。

童年是一段

　　诗一般的时光，

带着感情、眼泪、

　　欢乐、骄傲和期望。

它尚未踏进

　　悲哀、不幸、苦难的世界，

因而还未见过

　　光华下事实上的虚妄！

诗人的心

在这个世界里，

一切跳跃、蠕动的东西，

一切静止、飞翔的东西，

都像是永恒的孩提，

欢腾自在地

活在我的心底！

有鸟雀、花朵、香气，

有泉流和弯曲的树枝；

有海洋、洞穴、峰峦，

有火山、峡谷、草地；

有阳光、阴影、黑暗，

有乌云、雷电、四季；

有飞舞的雪、弥漫的雾，

有旋转的风、遍洒的雨；

有伦理、宗教和幻想，

有感情、歌曲和沉寂……

啊！就在这里，

在我广袤深邃的心中，

死亡和生存的幻影在舞动。

在这里，

笼罩着黑暗的恐怖，

闪动着玫瑰色的美梦。

在这里，

响起了死亡的回声，

弹奏着永生的乐章。

在这里，

希望、爱情和悲痛，

在同一个高歌的队列中行进。

这里有永不消逝的黑夜，

这里有绝无止境的黎明。

啊，这里有成千无边的大海，

激浪永远翻腾。

在这里啊，森罗万象，

时刻都在消遁，

又获新生！

啊，我的同胞兄弟

你生来无拘无束，像一阵和风，
自由自在，像晨光映在天空。

似鸟儿飞到哪里都在欢唱，
唱出了神祇启示的歌声。

你嬉戏在清晨的玫瑰花丛，
领受着四处可见的光明。

你在山丘上采撷野玫瑰，
在草原上任意徜徉漫行。

＊　＊　＊

世人啊，安拉似这般把你创造，
生命又把你投入人寰尘境。

你为何甘心忍受枷锁的折磨？
你为何向拘禁你的显贵屈身？

生命强大的声音在高歌，
你为何要窒息心中的共鸣？

你为何对晨曦闭上明亮的眼睛？
晨曦是多么光辉、清澄！

你为何甘愿生活于洞穴？
何处去叹息？何处去唱歌？

难道你害怕天上美妙的歌声？
难道你畏惧清晨空中的光明？

起来吧，向着生命前进！
生命不会把沉睡者久等。

* * *

切莫怕山那边良辰美景，

那里有生机勃勃的早晨。

那里有生命的美好春天，
玫瑰花织成它绚丽的衣裙。

那里有鲜花的郁郁芳香，
水波上舞动着斑驳光影。

那里有草原上美丽的白鸽，
在尽情放声地咕咕啼鸣。

向光明！光明美妙动人，
向光明！光明是神的倩影。

未免太甚了，我的心，你期望什么？

我那流血的心啊，
你要沉默到何时？
够了！
悲痛激烈难支。

这是我的酒杯，
似有死亡的苦味，
杯中满斟着
愁苦的汁水。

那是我的短笛，
它已悄然沉默，
正在聆听着
古老的情歌。

＊　　＊　　＊

我那流血的心啊，
哭泣要到几时休？
在这茫茫的宇宙，
何事能够长久？

请把忧愁的微尘，
抛向黑暗的夜空，
请你去倾听，
悦耳的青春乐声。

请在爱情的铃鼓上，
敲击鼓点。
请随美丽欢笑的阳光，
起舞翩翩。

*　*　*

我那幽暗的心啊，
沉默要至何时完？
我不抱怨这颗心，
又能把谁抱怨？

你为什么，

只顾聆听悲叹？

你为什么，

只把创伤顾盼？

你为什么，

变成了这般，

只肯在地狱的小径上，

把日月排遣？

难道你没有看见，

森林中的夜莺？

没见它在歌吟时，

星星驰向了天边？

难道你没看见，

森林显示的美景，

仿佛是

隐现在云雾之中的梦幻？

你没见那希望，
十分耀眼动人，
你没见那黑夜，
正取悦于星辰！

*　*　*

我那幽暗的心啊，
直到几时还沉默？
未免太甚了，我的心，
你在期望什么？

莫非你以为，
被投石击毁的人，
流逝的光阴，
还会对他怜悯？

不！
日月飞度，
将抛下受伤者，
置之不顾。

溺水的人，

大海对他毫不怜惜，

枯草悲恸，

洪流也不会因之哭泣。

狂暴的飓风，

在愤怒时，

对正直苗条的树枝，

决不仁慈！

这就是世界，

悲伤算什么？

我那流血的心啊，

沉默又算什么？

我的心对神说

在忧愁的山崖，

我抽发出枝丫，

又辛勤地在岩石间挣扎。

迷雾把我笼罩，

我独自向暴风吐叶开花。

在黑暗中摇曳，

用我那花的气息，

熏香了苦难的天涯。

我把生的光荣和恋情歌唱，

暴风却不解我的心肠。

把我碧绿青翠的枝条，

抛进了深渊万丈。

为我在雪地上挖出坟坑，

吹散了我的芳香。

我说："你将在天国的草原上，

用芳香建起我的荣光！"

我曾与春天和黎明戏耍亲近，

我死后，这风儿又将如何行动？

神圣的母爱

母亲把孩子搂抱，亲吻，

像天使般美丽、神圣。

在她身旁，

精神变得高洁；

在她跟前，

心灵变得纯正。

体贴慈爱，

真是崇高的生灵，

还有什么能比她更伟大神圣?

祝贺你啊，

圣洁、仁慈的母亲，

生命在你身上，

多么完美可敬!

暴风呼啸

你问我：

"苦难的黑夜阴霾满天，

灾祸的洪流汹涌翻卷，

时代的脸庞阴沉灰暗。

你尚未把民众召唤，

为何沉默不言？"

*　　*　　*

我曾沉默，

因我的枪矛尚柔软。

它倾听着飒飒的风声，

沉入了梦幻……

我开口了！

风儿一听便把乌云翻卷。

我开口了！

心中激荡着诗篇，

像浪涛翻滚出浓黑的波澜……

*　*　*

我看见，
"光荣"的额头上缠着绷带，
被捆在痛苦的荆棘上面，
鲜血浸淹……
它曾绽开明朗的笑颜，
奋然显现！

*　*　*

啊，暴君！
你眼斜鼻歪。
且慢！
时代被摧毁还能创建。
一旦死亡蔓延，
就会有英雄好汉，
为了被毁灭的荣誉，
来捣毁你的王冠！

他们视忍辱为无耻，

不怕死亡，

纵然死亡就在眼前。

只有不屈的人才能登攀，

去砸碎屈辱的锁链！

生　活

生活是神祇的竖琴，
世人就像是琴的声音。
乐音能令人陶醉，
噪声却会把旋律搅浑。
黑夜是埋葬音响的洞穴，
吞没了微弱的回声……

爱的挽歌

但愿我知道，

有哪只小鸟，

听到人们心中的悲号，

而不在黎明时分

忧愁而虔诚地

呜咽啼叫？

我却不知道，

究竟是什么，

使鸟儿对我沉默。

莫非感情已在宇宙间消失，

同时也离开了鸟的心窝？

或者，它是在云空悲歌？

在黑暗之中，

我面对坟茔，

倾诉我的凄苦悲痛。

然后侧耳谛听，

指望能听见对我叹息的共鸣。

可是只有我的声音孤零零……

于是我高呼：啊，我的心！

你的所爱已经逝去，

坟墓埋葬了你的爱侣。

哭吧，我的心！

用你溶化的愁绪。

心儿啊，请独自唏嘘！

我的爱已消逝，

我的方寸已乱。

啊，黑夜那涌流的泪眼，

请在我的爱情四周把泪洒遍。

她在尝尽烈焰以后，

永别了生命的洞天。

为她哭泣吧，

为她洗身！

用黎明的泪水，

取自百合的花盅。

把她庄严地埋在彩霞边，

让她看见情人的芳魂……

巨人之歌

——普罗米修斯[1]这样唱

尽管有疾病，尽管有仇敌，

我也要像高山顶上的雄鹰一样活下去！

眺望着光辉的太阳，

嘲笑那乌云、暴风、骤雨。

我不去把忧伤的阴影注视，

也不瞩望那黝黑的洞穴。

我憧憬地歌唱着，在感情的境界漫步，

这便是诗人的幸福！

---

1. 普罗米修斯（Prometheus），希腊神话中的火神。因从天上为人类窃取火种，触怒主神宙斯。宙斯将他锁在高加索山的悬崖绝壁上，每天派神鹰啄食他的肝脏。但他的精神仍很坚强，大声怒吼着，并呼叫着风、河川和万物之母——大地为他的痛苦作证，最后终于获得解脱。

我谛听着生命的音乐和启示，
把宇宙的灵魂融进了我的诗句。

我聆听着神祇的声音，
它使那消失的回声又在我心中复苏。

*　*　*

命运用各种灾难，
不倦地向我的希望挑战。

我对它说："苦难的浪涛、灾祸的风暴，
扑不灭我血液中炽烈的火焰。

你可以尽力把我的心灵摧残，
它将会坚如磐石一般。

它不会屈辱地痛哭诉怨，
也不会似小儿懦夫哀告求免。

它活得十分强健，
永把美丽遥远的黎明顾盼。

你可在我的路上布满艰险黑暗，
可使那荆棘如云，卵石如山。

你可把恐怖传播，
投下毁灭的陨石、灾难的雷电。

虽如此我仍继续前进，
唱着我的歌啊，把琴儿拨弹。

忍着苦难与病痛的折磨，
怀着憧憬、灼热的心灵向前！

光明在我的胸中，
何惧涉足于黑暗？

我是芦笛，只要尚在人间，
笛声就永不消散。

我是大海啊，暴风袭来，
更使它生机盎然！

如果我夭折归天，
死亡使我的笛声消逝；

心中熄灭了宇宙的火焰，
那曾似红色火炬般燃烧的火焰；

那我也幸福无边，
因为离开了罪恶和仇恨的尘寰。

我要化入美丽无垠的曙光，
畅饮那光明的甘泉！

*　*　*

那些竭力想摧毁我的人，
指望我碎骨粉身。

看见荆棘中我那静止的身影，

以为我已经丧命。

他们用找到的柴草把火燃起，
要熏烤我的肢体。

又去把桌子铺好，
准备吃我的肉，喝我的血。

我要容光焕发地告诉他们，
嘴角露出讽刺的笑容：

"铁镐不能把我的双肩砍断，
烈火不能把我的四肢烧尽。

请把乱草扔到火中，
在蓝天下戏耍吧，你们这帮顽童。

天上将刮起急剧的暴风，
蓝天将醉心于使人惊恐；

你们将看见我高歌翱翔，

在风暴的上面、无边的天空；

此时可投乱石打击我的身影，
然后躲开吧，因你们惧怕狂风。

在那里，在安全的屋宇中，
你们可以高谈阔论。

可尽情喊出对我的咒骂，
可随意发泄对我的仇恨。

而我却面对太阳和美丽的彩云，
在你们的上空回答你们：

'谁心中有神圣的灵感在沸腾，
暴徒的石块决不会使他心惊！'"

荣　誉

青年人愿投入死亡的风暴，
阻击恶虎猛狮，赢得战斗荣誉。
如果知道这种荣誉的真正含义，
决不会对它有丝毫希冀！

荣誉不在于饮血大地，
不在于赴战场驾驭铁骑。
而是要胸怀壮志，
把这悲惨世界的灾难抗击！

晨 悼

啊，森林，
满缀着阳光和鲜花的森林！
啊，晶莹的光明，
遥远的清晨！
你隐匿何处？
是什么使你远离尘境？

清晨时，
我的生命犹如梦幻，
在密林里，在流溪旁，
漫游歌吟。
倾听着你那甜美的笑语，
那便是永恒的歌声。
我生活在如梦的宇宙，
它幸福迷人。

可是，清晨的歌儿已经唱完，

降落的黑夜开始咕哝。
明亮的星星在闪烁，
凝聚的乌云更加昏沉。
死亡带走了我的幸福，
毁灭了初生的爱情。

天上的声音

黑夜里，我愤怒地把星辰呼唤，
痛苦和希望都在灼燃：

"黑暗的统治者霸地占田，
王孙公子身居花园。

河水流进灌不满的深渊，
森林的树木被人乱砍。

美丽的林中仙子都已消瘦，
把甜果和甘泉渴念。

这可恨的世道算是什么？
可悲啊，真该受时代的非难！

星辰啊，宇宙正在恭听，
说说吧，我已等得很晚……"

*　*　*

我听到一个动人的声音，
传过了草丛碧原。

听到天空中扑翼声起，
回音在森林中响遍：

"曙光正在黑暗和云雾里升起，
它向苍穹绽开了欢快的笑颜！"

我的诗

我的诗，

在感情激动的时候，

便从心中飞出。

没有它，

无以驱散生活中的乌云。

你不见我欢乐，

也不见我悲痛。

有了它啊，

你能见我伤心地哭泣，

泪如泉涌；

也能见我眉飞色舞，

快乐无穷。

*　*　*

我写诗，

不祈求王子赏识。

也不用颂歌悼词，

去赠给天子。

只愿吟出的诗句，

能取悦我的良知！

*　*　*

诗篇就是空间，

任我的宣言翱翔。

议论什么能使国家兴旺，

什么只能让贵人欢畅。

也说出了，

使我激动的理想。

*　*　*

诗啊！

你是我的支柱，

是我的新旧财富。

我为你所欲啊，

你为我所图。

且停步!
莫让我影单身孤,
我也不劳你招呼。
几曾见,
无佩带的宝剑能挂住?

*　*　*

多少次,
时代摧残了志士仁人,
踩在脚下,
让他受辱丧命。
啊,灾难的风轮,
请怜悯我国的百姓!

无名的先知

啊，人民！
　　但愿我是樵夫，
便可用我的斧头
　　伐木砍树！

但愿我
　　像一道洪流，
奔腾时
　　能逐个冲毁坟丘！

但愿我
　　像一阵狂风，
能用我的威力
　　吹走一切花的害虫。

但愿我啊
　　恰似严冬，

能用我的寒气

　　把秋天凋残的一切冰封。

啊，人民！但愿我

　　能有风暴的力量，

向你送去

　　我心中的反抗。

但愿我

　　能有狂飙的勇猛，

怒吼时，用我的语言

　　唤你再生。

但愿我啊

　　能有狂飙的勇猛。

可你，虽然活着

　　却涂炭于坟茔。

你是一个无知的生灵，

　　不爱光明，

在沉沉的黑夜里

消磨着光阴。

对诸事的真谛
　　　你一概不明，
虽然真理就在你身边
　　　悄悄地行进。

在生活的黎明，
　　　我泼掉了残留的芳醇，
又把我心灵的琼浆
　　　向杯盏中满斟。

啊，人民！
　　　我把酒向你递呈，
你却泼掉这玉液
　　　践踏了我的酒盅。

痛心啊……
　　　我强忍着悲痛，
擦干泪水
　　　抑制住感情冲动。

从自己的心房里，

  我采撷了一束花朵，

任何人都未曾

  将这花儿触摸。

为了你啊，

  我献上这束鲜花。

你却扯碎了花瓣

  恣意践踏。

你给我穿上了

  用愁苦织成的衣衫，

你给我戴上了

  用山荆编成的冠冕。

* * *

啊，人民！

  我只得投奔密林，

去孤苦、绝望地

度过我这残生。

啊，我走了，
　　去投奔森林，
要在那密林深处
　　埋葬我的不幸。

我要尽一切可能
　　把你遗忘，
你不配承受
　　我的金樽玉浆。

我将对鸟雀
　　把歌儿吟唱，
我将向它们倾吐
　　心中的希望。

生命的意义
　　鸟儿们全都知情，
知道生灵的光荣
　　是在于意识的觉醒。

我将在林中死去，

　　在黑夜里死去，

我将留给这大地

　　绝望和失意。

那里有一棵青松，

　　碧绿苍劲。

洪水将在这树下，

　　冲出我的坟坑。

鸟雀将在我的坟头

　　日夜啼叫嘈鸣，

风儿将在我的上空

　　不断轻轻歌吟。

四季将在我身旁

　　继续回转巡行，

恰似昔日一般

　　繁荣旺盛。

*　*　*

啊，人民！
　　看这黑夜茫茫，
你却像一个幼童，
　　仍在玩弄泥浆。

在这大地上，
　　你是个强大的力量，
只是还未用天才的伟大思想
　　来进行武装。

在这大地上，
　　你是个强大的力量啊，
可历代暴政
　　多年来一直把你拘禁。

像我这样的人，
　　真是不幸啊不幸，
如此敏感，
　　并有一颗善良的心……

* * *

诗人用最美的酒盅
　　　盛满了生命的芳醇，
把美酒递给人们，
　　　并发出这番议论。

人们却掉头不顾，
　　　愤然离散，
失望地议论纷纷，
　　　把诗人侮慢。

"在鬼怪出没的地方，
　　　他失去了理性。
啊，真可怜，
　　　他已经得了疯病。

他总在黑夜里，
　　　和狂风对答，
还面向不止一个坟墓，

与亡灵们叙话。

他总是伴随黑暗
　　　去到森林，
在林中召唤着
　　　各色各样的幽灵。

他总在幽谷中
　　　和鬼怪们低语，
伴随着狂风的呼啸
　　　高声地唱起歌曲。

他还是一个巫师，
　　　当太阳升起的时候，
妖魔鬼怪啊，
　　　便把巫术向他传授。

快赶走这卑鄙的异教徒，
　　　把他逐出神殿，
凡是卑劣的人
　　　都是不幸的源泉。

把他赶走吧，

　　莫去细听！
他是个恶毒的幽灵，

　　是一颗丧门星！”

* * *

那诗人发表了一番议论，

　　他也是一个哲人，
但生活在愚昧的人群中，

　　过得十分不幸。

人们不理解他的心灵，

　　听不懂他的歌声，
反而对他加以摧残，

　　损伤了他的感情。

对于生活的真谛，

　　他是一个先知，
在人们的心目中，

他却是一个疯子。

诗人发表完议论，
　　　　走进了密林，
要去过那种生活，
　　　　充满诗意，十分神圣。

在远方，在密林，
　　　　在森林的庙宇中，
没有任何苦难
　　　　向他投来阴影。

在青松的浓荫下，
　　　　在橄榄的树荫下，
一年年，一岁岁，
　　　　就这样度着生涯。

在美丽的黎明，
　　　　他和鸟儿一起歌唱，
又陶醉欣喜地
　　　　伴随着鸟儿徜徉。

边走边吹奏着

　　　他的那一支短笛，

春天各色的花朵

　　　在他四周摇曳。

他披散的头发

　　　垂在肩头，

微风轻轻地吹拂，

　　　恰似锦缎丝绸。

欢乐的鸟儿

　　　在他周围歌唱，

啼啭啁啾

　　　在一棵棵大树上。

在黄昏的时分，

　　　只见他来到溪旁，

对沉醉的鸟儿，

　　　注目凝望。

或者穿过松林，

　　口中轻轻歌吟，

或者凝望晚霞，

　　看着夜幕降临。

当黑夜来到，

　　黑暗把大地笼罩，

他便待在美丽的茅舍，

　　虔诚地向宇宙求教。

"生命的泉流啊，

　　何处是止境？

大地的心灵啊，

　　何时能安稳？

山谷里花的芳香，

　　傍晚时鸟的歌唱，

峡谷中风的呼啸，

　　这一切都在何方？

何处有昔日生活的美景？

哪里又有牧童的歌声？

何处是它们的黄昏？

是否都化入了寰宇的寂静？"

* * *

就像这样

他过着生活，

一年年，一岁岁，

把日月消磨。

啊，多么美好，

这密林深处的生活！

伴着鸟儿，

度过朝朝暮暮。

啊，多么美好，

这样的生活！

人间的生灵

未给它染上卑劣、污浊。

啊，多么美好，

　　这样的生活！

在整个宇宙，

　　这是罕见的神圣的生活！

啊，我的同志

啊，我的同志，
你在哪边？
岁月的风暴，
吹迷了我的双眼。
把我抛进昏暗凄凉的荒原，
那里乌云满天。

啊，我的同志，
请把我搀领，
为我歌吟。
我面前生活的道路
崎岖不平，
一迈步就会跌进深坑。

岁月已使它岔道密布，
死亡似猛兽在横行。
光明消逝，

黑暗女妖在那里安身。
她们在黑夜里跳舞喧闹，
作弄着流血的心。
为我歌唱吧！
歌声能帮助我们，
远避这鬼窟魔影。

*　*　*

我曾对人世作过深思，
却对它无能为力。
只得绝望地回到黑暗中，
要寻求罕有的安逸。
但得到的却是失望，
是幻想的破灭。
因为我胸中常怀着这样一颗心，
它渴望追求真理。

光阴荏苒，
岁月里吹进了一片烈焰，
终年燃烧，

增加了时代的苦难。
生活已使我的心儿枯干,
是否会有
能使我稍解干渴的一天?
啊,我的同志,
我想那坟地黑夜的后面,
总该有祈求的源泉!

啊,我的兄弟,
请为我歌唱。
大地茫茫,
把我的双脚磨伤。
为我歌唱吧!
也许能平息我的忧伤,
我已厌倦了迷惘!

* * *

啊,我的同志,
你可曾想过人民,
想过他们的苦衷?

他们遭到的莫大苦难和黑暗，

把我的心儿绞痛！

黎明的曙光，

虽然能使我欢欣，

但黑暗的幽灵，

却使我十分憎恨！

黑暗中，

能听到多少哀鸣：

有孤儿的呜咽抽泣，

有少女的剧烈悲恸，

这都是因为

岁月的灾难深重！

也有母亲发自内心的哭号，

在为她俊美的独子哀痛，

那原是她黑暗中的光明，

可死亡已不让他吮吸奶汁。

还有一病不起的贫民在呻吟，

岁月已用惨重的灾难把他吞噬！

点点星辰便是泪珠，

从岁月的眼眶中抛散。

岁月已把愁苦引燃，

愁苦便似溢出的洪水般漫延。

在时代的竞技场上，

生活的铁蹄把人头作践。

在每颗流血的心里，

人世便是地狱的缩影。

有人哼着人间的歌曲，

却逗留在地狱之中！

奇怪啊，

这些流泪的人们；

奇怪啊，

这些流血的心田，

泪珠盈眶怎歌唱？

洒泪怎能作消遣？

*　*　*

啊，我的同志，

我已误入迷途，

脚步远离了我的道路。

领着我的手吧!

我两眼失明,

六神无主,

常产生错觉和失误⋯⋯

吹起芦笛吧!

生活太黑暗,

在恐怖面前,

追求生命的人孤立无援。

毒蛇的呼哨、

罪恶的喧嚣、

痛苦的呼喊,

充满了天边。

吹起芦笛吧!

它是天使的馈赠,

是给祈求启示者的礼品。

快步前进吧!

白昼尚遥远,

生活的道路黑暗昏沉⋯⋯

诗人的梦想

但愿我能独自一人，

幸福地在这世上度过此生，

在高山上，

在密林中，

在摇曳的松树旁，

消磨光阴。

没有生活的琐事，

打扰我谛听自己的心声。

我将观望死亡和生命，

把沧海与桑田的对话窃听，

随林中的夜莺歌唱，

听山涧的流水淙淙。

面对着星斗、曙光、

鸟雀、溪流，

面对着静谧的光明，

我将倾吐衷情……

我要去过为美与艺术而奋斗的生活，
远远地离开这个民族和国家。
不再让我的心儿为人们分忧，
他们的生活已经僵化。
啊，够了！旧怨新愁，
已在我心中重重积压。

我要远离城市和人群，
远离俱乐部里的侈谈。
那是十足的荒诞，
无稽的谎言，
庸俗的空喊。
怎比得山涧流水潺潺，
回声轻返，
百鸟啼啭？
怎比得枝丫沙沙作响，
满缀着露珠点点？
又怎能比得啊，

熏风和香花间的悄语密谈？

这就是我心中崇敬的生活，
我要为它的光荣呼唤！

为了爱情，我对你哭泣

啊，我的"昔日"！
    我对你唏嘘，
不是为了尊严，
    也不是为了荣誉。
这世道已劫走了尊严，
    死神又把荣誉夺去。

我哭泣，也不是因为年龄，
    茫茫黑夜笼罩了余生，
在岁月的狂涛怒海中
    已把精力耗尽。
不，我还年轻，
    仍在青春的黎明。

啊，我的"昔日"！
    我哀叹，对你哭泣，
这决不是为了贪图舒适，

我的心从未遂愿如意。
这世上，这时代的人们，
生活全靠神祇。

我对你哭泣，
只是为了爱情。
她本充满大地，
放射出无限光明。
我走到哪里，
都能见到她的丽影。

曙光升起，
朝霞中有她的光明；
百鸟啼啭，
歌唱中有她的和声；
熏香四染，
气息中有她的芳香；
花枝摇曳，
花丛中有她的和风。

在宇宙中，

爱情就是美，

她为辽阔的天涯，

注入了光辉。

她的梦幻用迷人的色彩，

把天上人间描绘。

在我曙光初透的心中，

爱情就是天神，

绝色、温柔，

活跃在我心灵的上空，

用生活的七色光谱，

在我心中织出了幻梦。

爱情使我盲目失明，

在她的欢歌声中，

我忘却了

人间的一切悲痛，

也忘却了一切欢乐，

眼前只有她的倩影。

看见你

看见你，
　　生活便变得美好，
我心中就充满
　　希望的晨光。

甜蜜的玫瑰，
　　在我胸中生长，
轻轻抚拂着
　　我那燃烧的心房。

你那生命的活力
　　使我心旷，
你那妩媚的青春
　　使我魄荡。

你双唇的魅力
　　使我陶醉，

一个个亲吻

　　　向唇边飞翔。

我崇拜你

　　　如天仙般的美丽，

崇拜你，

　　　像湿润的春花一样窈窕。

崇拜你白雪般晶莹，

　　　草原般妩媚，

到处披挂着

　　　傍晚的霞光。

*　　*　　*

看见你，

　　　我便获得新生，

仿佛未经过

　　　世上的战争。

仿佛未承受

回忆的重担，
那回忆啊，
　　永难消散。

仿佛未见过
　　昔日的梦魇，
那梦中有人幸福，
　　有人悲惨。

我心田中注满了
　　温柔的光线，
我心头上冠戴着
　　艳丽的花冕。

生灵万物啊，
　　全都让我听见，
他们动人的歌声，
　　优美的诗篇。

欢唱的希望
　　闪现在我身边，

生活的欢乐

　　到处起舞翩翩。

*　*　*

看见你，

　　我的心神悸动，

就像是琴弦，

　　在轻轻震颤。

爱情的纤指，

　　像鲜花般柔软，

缠绵悱恻地

　　弹拨着琴弦。

我心中的歌儿，

　　陶醉地飞扬，

在月华的丽影下，

　　轻轻地吟唱。

仿佛我已经变成

一个超人，
无限的欢乐
　　充满了我的心田。

我要用我的心灵
　　拥抱大地万物，
拥抱那大地上
　　生灵和树木。

拥抱逝去的黑夜，
　　归来的黎明，
拥抱那身披霓裳的
　　朵朵彩云！

致盲乐师

在人生的黎明你就盲了双眼，
不知道什么叫光明。
周围是漆黑一片，
头上有乌云弥漫。

你过着寂寞的生活，
忧虑重重似火炽燃。
孤独啊，孤独无伴，
黑暗啊，黑暗无边！

你独自闯进人间的迷宫，
受困于贫穷与病患。
苦难追逐着你的心灵，
安宁逃离了你的心田。

*　　*　　*

你看不见飒飒的森林，
彩云飘浮在它的上面。
也看不见歌唱的清泉，
云雾在泉边翩跹。

虽不能把星辰凝盼，
也莫让心儿再受熬煎。
我们都一样地不幸啊，
都该受创世主的爱怜。

我们在生活中都是盲人，
被凶恶的风暴所驱赶。
死亡在风暴周围呼啸，
似带着地狱的疯癫……

* * *

啊，朋友，生活悲凉凄惨，
水流只是蜃景乍现，
要掬取点滴水珠，
需有荆棘和污泥的情感。

最幸福的便是盲人，

看不见恐怖和灾难，

看不见无辜的心灵，

消逝于苦难的烈炎。

请你把生命之神赞美，

请满足于你那音律凄婉，

活下去！黑夜里也需要

芦笛和胡琴的哀怨！

生活一瞥

生活就是斗争，
弱者遭受摧残。
只有顽强的人，
才能战胜它的熬煎。
生活中有种种诈骗，
要做个警觉的青年。
这天地是不幸的天地，
这人间是污浊的人间，
这世界是虚伪的世界，
营私舞弊，嘈杂混乱。
对我来说在这世上，
欢乐也无异于悲惨。

*　*　*

世人形形色色，
苦难各种各样，

有的人接连遭灾祸，

有的人只偶染微恙。

生命犹如睡眠，

将随命运而消亡。

睡眠中的梦境，

就是我们的失误和希望。

在大梦初醒以后，

希望的余晖仍映在眼帘上……

*　*　*

沉默是黑夜里一种精神，

这精神决不可侮。

精神力量是光明的火炬，

它超越一切秩序。

恶风吹不灭，

利剑砍不断，

光焰熊熊汇成流，

烈火蔓延四处。

和平又复活，

一切灾难都将消除。

高尚者不愿卑躬屈膝，
因为这是可耻的侮辱！

*   *   *

黑暗消退以后，
将会升起曙光。
黑夜将被迫卧下，
安歇于土垄泥床。
人民有时活着，
有时面临死亡。
可绝望就是死亡啊，
还将引起不幸悲伤。
人民要意气奋发，
这是带来幸福的精神力量。
只要有这种精神，
它的生命就能把灾难抵抗！

在黑暗中

在愁夜的黑暗中，
一群梦幻展开了翅膀，
飞翔在一朵朵
浸满痛苦的愁云上。

被星星的眼睛看见，
以为是一批相爱的侣伴，
把它们从天上击落，
陨石喷射着火焰。

那时我身心肃穆，
抛洒着哀思愁绪，
爱情在脆弱的心中，
把死亡的回声倾注。

犹如那宇宙万灵，
静悄悄寂然无声，

我的心游移彷徨，
深深地热爱生命。

爱情能伸出巨掌，
把人的生命击伤，
也能够升起曙光，
放射出烨烨光芒。

爱情是激烈的反抗，
是宁静的梦想，
绮丽的光明，
也是忧愁的黑暗里，
乌黑的瞳仁中，
黎明的笑容！

泪

生活消磨在
　　渴望和失望之中，
命运湮灭于
　　忧愁和悲痛。

这便是生命的规律，
　　污浊的酒盅，
虽盛有芳醇，
　　我的心也不愿畅饮。

这个时代狡诈盛行，
　　有多少教长，
多少神父，
　　把人们欺蒙！

每当我面对生活，
　　把真理寻问，

生活便停止了

　　悄声的谈论。

每当我祈求生活

　　给予我动听的乐音，

但安慰我的

　　只有心中的寂静。

我已经厌倦了生活，

　　绝望的歌声，

也已经带走了

　　仅剩的一点恋情。

*　　*　　*

生活给我一杯

　　斟满希望的醇酒，

我却没有

　　把杯接过手。

它又给我斟下

几杯不幸的苦酒，

我一饮而尽，

　　啊，多少悲愁！

在生活的花园里，

　　有许多荆棘，

把我心中的百合，

　　全都撕裂……

*　*　*

昨天已消逝，

　　何处有它的惠赠？

这个时代注定

　　我将绝望地度过此生。

死亡的时刻

　　爱情愤愤不平地退隐，

倩影消失在

　　可怕的寂静之中。

昨天的生活

    没给我留下赠品，

只有一阵阵

    此起彼伏的悲愤。

它悄悄渗进

    我内心的苦痛，

无情地巡行在

    心灵的创伤中。

它像是游魂，

    在冥府幽境，

穿过一座座坟墓，

    默默地行进。

这便是心中的悲痛，

    不祥的幻影，

在生活的地狱里，

    折磨着这颗心！

致人民

啊，人民！何处是你那
　　跳动的、多情的心？
何处是你的梦想，
　　你的宏愿？

啊，人民！何处是你那
　　艺术家、诗人的灵魂？
何处是你的遐想，
　　你的灵感？

啊，人民！何处是你那
　　创造性的、迷人的艺术？
何处是你的音乐，
　　你的图案？

生活的海洋，
　　在你身边咆哮呼唤，

何处有你的

　　　英雄好汉？

你那生的意志，

　　　又在何处？

有的只是死亡、沉默、

　　　悲伤、黑暗……

有的只是僵死的生命、

　　　空虚的心灵，

痛苦也不能

　　　激起热血沸腾！

有的只是沉睡的生活，

　　　它囿于阴暗的山涧，

上空滋生着

　　　疑惧和梦幻……

这是什么生活？

　　　这算什么生命？

这样活着

　　　莫如入九泉！

* * *

四季为你歌唱，

　　　在你身边运转，

你既不吟诵，

　　　也不喜欢。

暴风狂飙

　　　在你头上呼啸盘旋，

几乎要把你

　　　损伤摧残。

猛禽恶兽

　　　把你包围吞噬，

你既不惊慌，

　　　也无痛感。

天哪！

　　　莫非你没有知觉，

不会歌唱，不会说话，

也不会诉怨?

你那僵化的日子、
　　衰败的残生,
已使岁月的长河
　　感到厌烦。

你是一个
　　不可理解的生灵,
既未曾死去腐烂,
　　又不是活着向前。

总是呆呆地
　　注视着虚无,
看不见这世界上
　　一片黑暗。

是什么妖术
　　把你的心扰乱?
你是入魔的苦人,
　　还是衰落的好汉?

* * *

啊，在各个民族中，

　　你像个年迈的哲人，

你已被折磨得

　　皮开肉绽。

青春的渴望

　　已在你枯萎的心里夭折，

生命的意志

　　已在你头脑中消失。

你走向远方

　　去寻求安宁，

走向岁月的墓中，

　　高原的那边。

在那里，

　　在你"昔日之墓"中，

毫不在意地

宁与亡灵相伴。

甘愿把坟墓
　　当作归宿，
在那儿排遣
　　单调的日月残年。

把生命和沸腾的岁月
　　有意忘怀，
也忘了
　　昔日的壮志夙愿。

待在墓中吧！
　　这屋宇与你一般，
内心沉默，
　　外形破烂。

崇拜"昔日"，
　　回首往事吧！
老人的心境
　　就只是把青春纪念。

* * *

生命将在你身边
　　婀娜行进，
似鲜花一样，
　　妖艳动人。

生命将歌颂
　　愿望和决心，
这歌声能唤醒
　　僵死的心灵。

美丽的春天
　　将会雀跃欢欣，
轻歌曼舞
　　在花草的上空。

人们都将会
　　追随生命，
用生命的眼睛

欣赏这大地美景。

绮丽的春天

　　是受生命迷惑的诗人，

他用恋情

　　将把人们勾引。

而你，在亡灵的腐骨中

　　欣赏这美景吧！

远避他的魅力，

　　躲开他的回声。

与你那昔日的情趣

　　一起嬉戏吧！

让这生命

　　去赶他的路程。

*　　*　　*

当鸟儿

　　迎着曙光飞翔，

在美丽的草原上

　　欢唱歌吟；

用甜蜜多情的声音，

　　向生命，

向有生的世界，

　　问候致敬；

当妖艳的蝴蝶

　　飞入园中，

向缀满露珠的花儿

　　倾诉衷情；

当大地为有益的工作

　　已经苏醒，

奔忙于

　　有重大意义的事情；

当人们走进

　　山路森林，

踏上了

144

无人知道的小径；

去寻找美，
　　寻找欢乐和光荣，
去寻找神圣的生命，
　　寻找光明；

你就该在黑暗中
　　低下眼睛，
当心光明的魅力吧！
　　她是炫目的幻影。

生命的黎明
　　不会去唤醒亡灵，
对沉睡的眼帘
　　也决不怜悯！

*　*　*

森罗万象
　　都对有生的世界爱怜，

帮助它燃起了

　　生命的光焰。

谁与这宇宙

　　不能休戚相关，

他的存在

　　对大地便是负担。

万物都坚决地

　　随着逝去的光阴进化，

连泥土和虫豸

　　也在变幻。

除了你啊，

　　万物都活生生富有情感，

他们的爱情和歌声

　　能使宇宙心欢。

啊，朋友！

　　你为何活在这世间？

有什么硕果

有益于人寰?

啊，老人！

你已经不配生存，

你是疾病啊，

只能把生命摧残。

你像是地狱里

一片荒原，

死寂可怖，

阴沉干旱。

没有生命的气息，

没有鸟儿的啼啭，

那上面也没有

飘浮的云天。

* * *

啊，黑暗中的居士，

你是崇拜死亡的生灵，

你是一颗

　　不幸的灵魂。

你已经叛离了

　　生活和光明，

石头一样的心儿

　　再不把宇宙谛听。

你是这样的一颗心：

　　既没有渴望，

意志又消沉，

　　这便是生活中的弊病。

你的心境

　　是只被往事遮蔽的凡尘，

悲愁永恒的夜色

　　笼罩在它的上空。

那里只有

　　遥远、古老的"昔日"

时间和空间

都已经僵死不动。

"今日"已死亡，
　　活着的只有"过去"，
这样的一颗心，
　　在大地上真太不幸。

你在世上已成虚无，
　　莫如离去，
走向死亡吧，
　　你对人世已经无用！

岁月说

啊，无法无天的罪人，
你竟敢在骷髅堆上站定，
且慢，被蹂躏者的呻吟中，
将响起怒吼声声！

莫以为这时代能使你安心，
它只是蛰居小眠，沉入梦境，
今天和昨天虽已消逝，
生动的明天将带来生活的清晨！

暴君啊，莫把人民看轻，
真理最强大，且从容镇定，
睡眠时眼睛保持着警醒，
凝视着你所看不见的黎明！

致全世界的暴君

专横的暴君啊！你岂不是
黑暗之友，生命之敌？
你嘲笑贫弱百姓的悲泣，
手上沾满了他们的鲜血。
你破坏了生的魅力，
在大地上播下苦难的荆棘！

慢着！莫让这春天、晨曦、晴空
把你迷蒙，
辽阔的天边昏暗可怖，
狂风怒吼，雷声隆隆。
当心啊，灰烬下面是火种，
播荆棘者收获伤痛！

想想吧！你曾在哪里
割下生灵的头颅、希望的花蕾，
把鲜血灌进土地的心扉，

给它饮吸泪水，使它沉醉，

就在那里，血的洪流将把你冲走，

火的狂飙将把你焚毁！

图书在版编目（CIP）数据

生命之歌：沙比诗集 ／（突尼斯）艾卜·卡赛姆·
沙比著；杨孝柏译． -- 北京：作家出版社，2025. 3.
ISBN 978-7-5212-3370-4

Ⅰ．Ⅰ414.25

中国国家版本馆 CIP 数据核字第 20251TT582 号

生命之歌：沙比诗集

作　　者：〔突尼斯〕艾卜·卡赛姆·沙比
译　　者：杨孝柏
策划编辑：钱风强
责任编辑：翟婧婧　乔永真
装帧设计：周伟伟
出版发行：作家出版社有限公司
社　　址：北京农展馆南里10号　　　邮　　编：100125
电话传真：86-10-65067186（发行中心）
　　　　　86-10-65004079（总编室）
E-mail:zuojia@zuojia.net.cn
http://www.zuojiachubanshe.com
印　　刷：北京博海升彩色印刷有限公司
成品尺寸：110×180
字　　数：60千
印　　张：5.25
版　　次：2025年3月第1版
印　　次：2025年3月第1次印刷
ISBN 978-7-5212-3370-4
定　　价：58.00元

ISBN 978-7-5212-3370-4